NEL PARCO DI GIULIO

Nel parco di Giulio contiene:

UNA NOTTE AGITATA
IL SENTIERO SEGRETO
LA SQUADRA DI SOCCORSO
DOPO IL TEMPORALE

Pubblicato per la prima volta in Gran Bretagna da HarperCollins Publishers Ltd nel 1985

Testo e illustrazioni © Nick Butterworth 1995
One Snowy Night pubblicata da HarperCollins Publishers Ltd nel 1989 © Nick Butterworth 1989
After the Storm pubblicata da HarperCollins Publishers Ltd nel 1992 © Nick Butterworth 1992
The Rescue Party pubblicata da HarperCollins Publishers Ltd nel 1993 © Nick Butterworth 1993
The Secret Path pubblicata da HarperCollins Publishers Ltd nel 1994 © Nick Butterworth 1994

Testo italiano © 2017 Il Castello srl
Tradotto su licenza di HarperCollins Publishers Ltd.
Via Milano 73/75 – 20010 Cornaredo (MI) – Tel. 02 99762433 – Fax 02 99762445
e-mail: info@ideeali.it – www.ilcastelloeditore.it

Traduzione: Silvia Cavenaghi

Stampato in Cina

NEL PARCO DI GIULIO

NICK BUTTERWORTH

IdeeAli

UNA NOTTE AGITATA

In inverno, nel parco fa freddo, ma a Giulio
il guardaparco non importa.

Si mette il suo cappotto pesante e la sua grossa
sciarpa, e si infila due paia di calzini di lana
e gli stivali di gomma.

A Giulio piace stare fuori quando l'aria
è fresca.

Nel cuore del parco c'è una casetta.
È qui che abita Giulio.
  Quando fa troppo freddo per stare fuori,
Giulio si rifugia lì, dove si sta comodi
e al calduccio.

G li animali che vivono nel parco
conoscono tutti la casetta di Giulio, che
ogni giorno condivide il suo pranzo con loro.

Una sera d'inverno faceva così freddo
che si mise a nevicare. Oltre le finestre
della casa di Giulio cadevano grossi fiocchi
di neve.

"Brrr..." disse Giulio. "Credo che stanotte
avrò bisogno di una coperta in più."

Bevve una cioccolata calda
e si preparò per dormire.

All'improvviso, però, sentì bussare
alla porta.

"Chi potrà mai essere
a quest'ora?" pensò Giulio.
Andò alla porta
e guardò fuori.

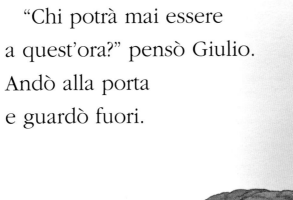

Sul gradino davanti a casa c'era uno
scoiattolo, che sembrava molto triste
e infreddolito.

"Giulio, non riesco a dormire" disse.
"Il mio letto è pieno di neve."

"Oh, cielo" rispose il guardaparco. "Non ti
preoccupare, in casa ho posto anche per te."

Lo scoiattolo si accoccolò di fianco a Giulio e presto smise di avere freddo.

Toc! Toc! Bussarono di nuovo alla porta.

"E adesso chi può essere?" pensò Giulio.

Fuori c'erano due conigli in preda ai brividi.

"Fa f-freddissimo" disse uno di loro.

"Stiamo c-congelando" aggiunse l'altro.

"Povere bestiole" disse Giulio. "Entrate a scaldarvi."

I conigli si infilarono nel letto, stretti accanto a Giulio e allo scoiattolo. Lo spazio non era molto.

"Puoi girarti dall'altra parte?" domandò Giulio allo scoiattolo. "Con la coda mi fai il solletico al naso."

Toc! Toc!

"Oh, cielo" disse Giulio. "C'è qualcun altro alla porta!"

Era una volpe molto infreddolita e affamata.
"Posso entrare anch'io?" domandò.

Giulio si grattò la testa e rifletté un momento.
Alla fine rispose: "Solo se prometti
di comportarti bene".

"Prometto" disse la volpe, e si infilò nel letto
accanto agli altri animali.

Pum! Ahi! Lo scoiattolo cadde a terra.

"Chi è stato?" domandò, seccato.

Toc, toc, toc!

"Santo cielo!" esclamò Giulio.

"C'è ancora qualcuno."

Questa volta, però, fu colto di sorpresa.

Sul gradino davanti alla porta c'erano un tasso, due anatre, un riccio e un'intera famiglia di topolini! Volevano tutti un posto per la notte.

Povero vecchio Giulio. E povero vecchio letto!
Gli animali spingevano e si rotolavano in ogni
direzione, ma non c'era abbastanza spazio per
tutti.

Presto le coperte si trasformarono in una enorme
palla.

E poi, pum! Le coperte rotolarono giù dal letto e tutti caddero a terra.

"Oh, cielo" disse Giulio. "Non ci stiamo proprio. Il mio letto è troppo piccolo."

All'improvviso uno dei topolini drizzò le orecchie.

"Cos'è questo rumore?" squittì.

Tutti si misero in ascolto. Poco dopo lo sentirono anche loro. Qualcosa graffiava, grattava. Il suono sembrava arrivare da sotto di loro.

"Qualcosa si muove sotto il pavimento" sussurrò Giulio.

Gli animali si spaventarono e tutti i topolini si misero a squittire all'unisono.

"Oh, cielo!"

"Che cosa può essere?"

"Forse è un mostro!"

"Con artigli feroci!"

"E denti aguzzi!"

Il suono si fece sempre più forte, poi una delle assi del pavimento cominciò a muoversi.

"Attenti! Sta salendo!"

All'improvviso si udì un forte scricchiolio.

"Aiuto!" gridarono gli animali, e tutti corsero a nascondersi.

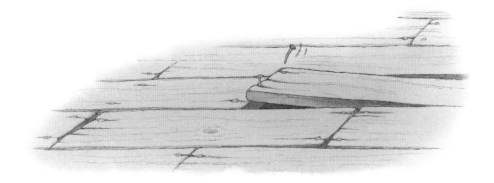

Ma Giulio non aveva paura. Prima sogghignò, poi scoppiò in una grossa risata.

Una testolina scura spuntava dalle assi del pavimento.

"Non è un mostro" disse Giulio. "È una talpa!"

"Mi dispiace piombare qui in questo modo" disse la talpa. "Ho bussato alla porta, ma nessuno mi ha sentito."

Giulio l'aiutò a salire dal buco nel pavimento, la fece sedere sulla sua borsa dell'acqua calda perché si scaldasse e rimise a posto l'asse.

"Va tutto bene!" disse. "Adesso potete uscire."

Ma nessuno si mosse. Nessuno fece un passo. Nessuno voleva uscire.

Lo scoiattolo si era rannicchiato nella tasca della vestaglia di Giulio.

Il riccio era nel suo cappotto.

La volpe…

    i conigli…

        il tasso…

            e le anatre

erano tutti nascosti al sicuro.

I topolini si erano addirittura infilati nelle sue pantofole!

Tutti avevano trovato un letto comodo.

      "Ma guarda un po'!" esclamò Giulio.

Giulio sbadigliò e si raggomitolò di nuovo a letto.

"Così va meglio. Adesso ho tutto lo spazio che voglio" disse. "E anche un po'…

… per una talpa!"

IL SENTIERO SEGRETO

Tra le siepi rigogliose,
c'era un grande ingresso.
Guardandolo ti chiederai:
"Posso farci un passo?".
Sentieri sorprendenti
ti faranno avanzare.
Gira subito a destra,
ma attento a non sbagliare!
Niente è come sembra
dentro il labirinto.
Arrivato al centro,
ti sembrerà di aver vinto.
Ma adesso viene il bello:
trovare la via d'uscita.
Questa grande avventura
non è affatto finita.
Il labirinto fa scherzi,
non ne dubiterai.
Di certo ti accoglie,
ma chissà se uscirai!

"Lo so. Non è una bella cosa" disse Giulio
il guardaparco al suo piccolo amico.

Giulio si stava prendendo cura di un giovane
scoiattolo che era caduto da un albero e si era fatto
male a una zampa.

"E giovedì ho sbattuto il naso" proseguì l'animale.

"Mmm, capisco" disse Giulio, che non gli stava
davvero dando retta.

Era intento a cercare qualcosa.

"Aha! Eccolo, lo spago" esclamò Giulio. "Oggi ci servirà."

Mentre attraversavano il parco, Giulio e lo scoiattolo non si accorsero di un gruppo di amici nascosti dietro a un grande albero.

"È da un sacco di tempo che voglio sistemare il vecchio labirinto" disse Giulio. "Le siepi sono cresciute troppo."

"Giulio sta andando a lavorare
al labirinto" annunciò la volpe.
"Corriamo là anche noi e divertiamoci
un po'!" disse il tasso, entusiasta, mettendosi
a sussurrare qualcosa.

Sentendo il suo piano, gli altri annuirono con foga. Solo il riccio non era convinto. Il labirinto lo confondeva un po'.

"Non penso che verrò" disse. "Ho… ehm… una cosa da fare."

Giulio lasciò la sua carriola davanti all'ingresso del labirinto.

"Non hai paura di perderti?" domandò lo scoiattolo.

"Per questo mi serve lo spago" rispose Giulio. "Lo userò per segnare il percorso dall'ingresso del labirinto fino al punto in cui mi fermerò a lavorare. Così non correrò il rischio di perdermi, capito?"

In realtà, lo scoiattolo non aveva capito granché, perché non stava davvero ascoltando.

"Non so se mi piace più la primavera o l'autunno" disse.

Nel frattempo, sul retro del labirinto, s'era formata una lunga fila di animali che si intrufolavano a uno a uno in una siepe.

"Andiamo subito al centro e là aspettiamo Giulio" sussurrò il tasso.

"Poi saltiamo fuori e gli facciamo una bella sorpresa" ridacchiarono i conigli.

"Ssshh!" disse forte la volpe, e tutti scoppiarono di nuovo a ridere.

G iulio tagliava la siepe con grande
impegno e, a poco a poco, il labirinto
cominciò ad avere un aspetto molto più
ordinato. Per tutto il tempo, il guardaparco
entrò e uscì dal labirinto seguendo lo spago.

Il gruppetto degli allegri animali era ormai arrivato al centro del labirinto, dove si trovava una panchina di pietra scolpita a forma di leone.

All'inizio gli animali aspettarono impazienti l'arrivo di Giulio, che però stava impiegando più tempo di quanto si aspettassero. Poi cominciarono a sbadigliare, e uno dopo l'altro si addormentarono.

Le cesoie di Giulio tagliavano e tagliavano. Si fermavano solo ogni tanto, quando Giulio andava a svuotare la carriola piena di foglie.

Mentre Giulio tornava con la carriola
vuota verso il labirinto, un riccio
lo chiamò.

"Ciao, Giulio. Gli animali ti hanno fatto
la sorpresa nel labirinto?"

"La sorpresa?" Giulio si fermò e sorrise,
poi rispose: "Ehm… non ancora".

Quando, finalmente, Giulio e lo scoiattolo raggiunsero il centro del labirinto, non c'era nessuna sorpresa ad attenderli.

Giulio sogghignò vedendo gli animali addormentati.

"Divertiamoci un po' noi" sussurrò.

Si spostò in punta di piedi dietro alla panchina a forma di leone e tossì forte.

"Chiedo scusa" disse con voce profonda, quasi ringhiando.

La volpe aprì un occhio.

"Non che mi dia molto fastidio" continuò Giulio, "ma mi piace che la gente mi chieda il permesso prima di dormire sopra di me."

Gli altri animali cominciarono a muoversi.

La volpe fissò la testa del leone, non credeva alle proprie orecchie.

"Mi dispiace molto" disse la volpe. "Non ce
ne siamo accorti. Pensavamo che fossi
solo una panchina."

Gli altri animali aprirono gli occhi, stupiti
di sentire la volpe parlare con un
blocco di pietra. E furono ancora più
sbalorditi quando la pietra rispose.
"Ah, sì?" disse la voce.
"Solo una panchina.
Mmm."

"Ci dispiace tanto" disse la volpe. "Ci diresti come ti chiami?"

Giulio ringhiò. "Mi chiamo…"

Ma, in quell'istante, uno dei conigli guardò dietro la panchina. "Si chiama Giulio!" gridò.

Lo scherzo era stato scoperto, e Giulio uscì ridacchiando dal suo nascondiglio.

"È stato Giulio a fare uno scherzo a noi!" disse il tasso.

La volpe scoppiò a ridere, subito seguita da tutti gli altri.

"Andiamo" disse Giulio, raccogliendo
i suoi attrezzi.

"Chi ha voglia di biscotti per merenda?
Vi faccio uscire io dal labirinto.
Non dobbiamo far
altro che seguire
il mio sp…"

Ma Giulio non terminò la frase. Davanti a lui c'era il suo piccolo aiutante, lo scoiattolo, con una grossa palla di spago tra le zampe.

"Non dimenticarti questo, Giulio" disse. "L'ho riavvolto tutto per te."

Giulio lo guardò sbigottito.

"Con preoccuparti" disse la volpe. "Secondo me si va di qui."

"No, no" disse il tasso. "Sono sicuro che l'uscita è da questa parte."

"Niente affatto è quella la direzione" disse un'altra voce.

"Potrei sbagliarmi" disse lo scoiattolo con la palla di spago, "ma ho la sensazione che sia di là."

Giulio sospirò.

"E io ho la sensazione che i biscotti li mangeremo a colazione!"

LA SQUADRA DI SOCCORSO

"Che giornata perfetta per un po' di dolce far niente" disse Giulio il guardaparco.

Era il suo giorno libero.

Giulio e alcuni dei suoi amici animali avevano organizzato un pic-nic in uno dei loro posti preferiti.

Per ripararsi dal sole e stare più fresco, Giulio si tolse il berretto e si fece un cappellino annodando gli angoli di un fazzoletto. Poi si appoggiò al tronco di un vecchio albero e aprì il suo libro.

Gli animali gli si sistemarono intorno in attesa della merenda.

Al sole faceva caldo, e presto tutti si appisolarono. All'improvviso, però, furono disturbati dal suono di una risata.

Giulio alzò lo sguardo: tre coniglietti, due fratelli e la loro sorellina, giocavano a saltare nell'erba alta.

Quando videro Giulio, i tre lo salutarono agitando le zampe.

"Ciao, Giulio! Stiamo facendo finta di essere lepri."

Giulio ridacchiò e ricambiò il saluto.

I conigli se ne andarono saltellando.

I tre conigli si stavano divertendo un mondo.
"Io faccio il salto più lungo di tutti" disse
uno.

"Io corro più veloce di tutti" disse il fratello.

"Io salto più in alto di tutti!" disse
la coniglietta, poi fece un grande salto in aria.

"Ieeeh!"

Ma quando la coniglietta atterrò, con grande sorpresa dei suoi fratelli scomparve completamente!

Era caduta proprio sul coperchio di legno marcio di un vecchio pozzo.

I due fratelli guardarono nel buco e poi scoppiarono a piangere.

"Aiuto! La terra ha mangiato nostra sorella!"
"Aiuto! Qualcuno ci aiuti!"

Quel qualcuno, naturalmente, era Giulio.

I due conigli corsero subito da lui e gli raccontarono l'accaduto.

Mentre Giulio ascoltava e sospirava, gli altri animali avevano l'aria preoccupata.

"In quel pozzo non c'è acqua" disse Giulio, "ma è molto profondo." Si rimise il berretto e balzò in piedi.

"Ci serve una corda" disse. "Venite."

Giulio corse via, seguito dagli animali.
Non molto tempo dopo erano tutti
di ritorno, Giulio in testa, verso il vecchio
pozzo. In spalla il guardaparco portava
una lunga corda.

Giulio liberò l'apertura dal legno marcio
che la copriva e sbirciò nel buco
immerso nel buio.

Non riusciva a vedere la coniglietta,
che si era rannicchiata su un tronco incastrato
a metà del pozzo.

"Ehilààààà" gridò Giulio. "Mi senti?"

Rispose una vocina piuttosto seccata.

"Ho picchiato la testa."

"Ma stai bene?" domandò Giulio.

"Ho picchiato la testa" rispose di nuovo la vocina.

"Mmm" disse Giulio. "Credo che stia bene."

"Facciamo scendere una corda!" gridò Giulio. "Legala ben stretta e ti tiriamo su."

Il guardaparco calò la corda nel pozzo.

La coniglietta non sapeva bene che cosa fare, perciò la legò al tronco su cui era seduta.

"E adesso tirate!" disse Giulio.

Giulio tirò la corda, ma non successe nulla. Tirò di nuovo.

"Che cosa mangia questa coniglietta?" sussurrò. "Pesa un quintale." Tirò ancora una volta, ma non accadde nulla. Giulio si accigliò.

"Va bene" disse, "vediamo cosa possiamo fare tutti insieme."

Giù nel pozzo, la coniglietta cominciava
ad abituarsi al buio. Guardandosi
intorno, notò che nella parete c'era
una piccola apertura.

"Chissà dove porta..." si chiese.

Fuori dal pozzo, i soccorritori si misero
in fila dietro a Giulio.

"Pronti?" gridò Giulio. "Tirate!"

Nel pozzo qualcosa si mosse.

"Tirate ancora" disse Giulio, "sta uscendo."

Giulio e gli animali tirarono con tutte
le loro forze, tra gemiti, grugniti, starnazzi
e squittii.

La corda continuava a salire,
ma quando fu quasi fuori dal pozzo,
i soccorritori ebbero un'incredibile sorpresa.

All'altro capo della corda non c'era nessuna coniglietta. L'unica cosa che avevano tirato fuori dal pozzo era un enorme tronco!

"Perbacco" disse Giulio. "Che cosa le è successo?"

"Oh no, non è così," disse una vocina alle loro spalle.
"Sono qui…"

Tutti si voltarono stupiti. In fondo alla fila di soccorritori c'era proprio la coniglietta.

"Si è trasformata in un tronco!"
disse la volpe.

"È finita in fondo al pozzo!"
esclamarono gli scoiattoli.

"Si è persa per sempre..." dissero
i conigli singhiozzando.

Giulio e gli animali scoppiarono a ridere. Risero così tanto da non riuscire più a stare in piedi.

"Ma come hai fatto a uscire?" domandò alla fine Giulio.

"È stato facile" rispose la coniglietta. "Ho trovato un passaggio segreto. Sbuca proprio laggiù."

"Ma guarda un po'" disse Giulio. "Bene, bene, bene..." Poi aggiunse: "Devo ricordarmi di costruire un nuovo coperchio per quel vecchio pozzo."

"Ci penserò domani" disse mentre tornava
con i suoi amici verso il pic-nic.
"Dopotutto, oggi è il mio giorno libero."

DOPO IL TEMPORALE

Giulio il guardaparco non riusciva a dormire.
Fuori dalla sua casetta si stava abbattendo
un violento temporale, con tuoni, fulmini e una
pioggia scrosciante.

Giulio non aveva paura dei tuoni e adorava
guardare i fulmini che illuminavano tutto il
parco. Nemmeno la pioggia lo infastidiva.

Ma c'era una cosa che proprio non gli piaceva.

Era il vento, che buttava giù le staccionate del parco e strappava i rami degli alberi. Non gli piaceva nemmeno un po'.

"Oh, cielo" sospirò mentre guardava fuori dalla finestra. Il vento scuoteva gli alberi, facendoli scricchiolare. "Mi sa tanto che domani avrò un bel daffare."

Si coprì la testa con il cuscino e provò a dormire.

Il mattino dopo, Giulio si alzò presto.
Il vento era passato e aveva lasciato
un cielo limpido.

Giulio caricò nella sua carriola tutto
il necessario per riparare i danni causati
dal temporale. Poi si mise in marcia
e cominciò a perlustrare il parco.

Respirava l'aria fresca e pulita e si sentiva felice. Forse i danni non sarebbero stati tanto gravi.

Ma Giulio si sbagliava: era successa una cosa terribile! Il temporale aveva sradicato un'enorme quercia che se ne stava solitaria in cima a una collinetta.

Quel gigantesco albero era uno dei suoi preferiti, e adesso era tristemente adagiato sul fianco con le sue intricate radici per aria.

La quercia non era solo uno degli alberi preferiti di Giulio: alcuni animali suoi amici vivevano tra i suoi rami. E adesso le loro case erano distrutte.

Giulio si affrettò verso l'albero.

Gli animali erano riuniti vicino alla quercia, sembravano tristi e un po' indispettiti. Quando lo videro, si misero a parlare tutti insieme.

Giulio si sedette insieme a loro e li ascoltò
mentre gli raccontavano di come il
temporale aveva tirato giù la grande quercia.

"Adesso non abbiamo più un posto dove
stare" disse il tasso. "Alcuni di noi vivevano
nell'albero, altri sotto. Ora siamo tutti senza
una casa."

Alcuni conigli sembravano sul punto
di piangere e alla volpe gocciolava il naso.
Giulio le passò il suo fazzoletto
e la volpe se lo soffiò.

Giulio si alzò in piedi.

"È semplice, dovremo trovarvi un altro posto" disse. "Venite, saltate nella carriola."

Gli animali si sentivano meglio adesso che Giulio era con loro.

Per prima cosa li portò nel bosco di pini, ma nessuno voleva vivere lì.

"Troppo buio" squittirono i topolini.

"Troppo tetro" aggiunse il riccio.

Allora Giulio li portò tra gli arbusti, ma nessuno voleva vivere nemmeno lì.

"Non ci sono alberi grandi" brontolarono gli scoiattoli.

"Non ci sono radici grandi" mugugnarono i conigli.

"Nessun problema" disse Giulio. "Proviamo sull'altra sponda del torrente."

G iulio si mise a spingere la pesante
carriola sopra un ponticello che
attraversava il torrente. Quando però arrivò
nel mezzo, successero due cose.

Giulio inciampò, e la carriola decise di scoprire come ci si sentiva a essere una barca. SPLASH!

All'improvviso Giulio e i suoi amici
si ritrovarono alla deriva in mezzo
alla corrente, diretti verso un lago.

Giulio si alzò in piedi e diede un'occhiata
intorno.

"Dobbiamo tornare verso la riva" disse.
Ma poi qualcosa attirò la sua attenzione.

"No, aspettate" aggiunse. "Remiamo
verso l'altra sponda del lago.

Mi è venuta un'idea."

Gli animali erano confusi.

Che cos'aveva in mente Giulio?

Remando piano tutti insieme
riuscirono ad attraversare
il lago a bordo della
carriola.

"Siamo arrivati!" esclamò Giulio.

Gli scoiattoli saltarono a riva e legarono la carriola alle radici di un enorme albero cavo che cresceva proprio lì accanto.

"Ecco il mio piano" disse Giulio, e tutti si misero in cerchio intorno a lui mentre spiegava la sua idea.

"È tutto chiaro?"

Gli animali annuirono.

"Allora, mettiamoci al lavoro!"

Cominciarono a scaricare dalla carriola tutti gli attrezzi di Giulio e le assi di legno. Poi Giulio spiegò a ciascuno che cosa dovesse fare esattamente.

Il tasso imparò a usare la sega e gli scoiattoli a piantare chiodi. La volpe faceva i buchi con il trapano e i conigli stringevano le viti. I topolini, invece, erano indaffarati a distribuire materiali e attrezzi a tutti quanti.

All'ora di pranzo fecero una breve pausa, si spartirono i panini di Giulio e poi si rimisero all'opera.

Dopo tanta fatica, il lavoro fu finalmente completato. Giulio, sfinito, contemplò ciò che avevano fatto.

Adesso gli scoiattoli avevano una casa nuova di zecca...

e anche
i topolini.

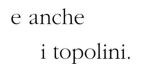

I conigli avevano una nuova casa...

e anche il tasso.

E la volpe.

E il riccio.

Proprio così, tutti gli amici di Giulio
avevano un nuovo magnifico posto dove vivere.

"Avete fatto un ottimo lavoro!" disse Giulio. "Non ho mai visto una casa sull'albero bella come questa!"

"E tu?" domandò il tasso. "Tu non rimani con noi?"

Giulio sorrise.

"Penso che resterò nella mia vecchia casetta" disse. Poi, prendendo una ghianda dalla tasca, aggiunse: "Ho ancora un lavoro da fare sulla collinetta".